LUCIEN RAULET

LE

MUR DE CLOTURE

DES

FERMIERS GÉNÉRAUX

RUE DE LA BONNE-MORUE

1717-1729

SOCIÉTÉ HISTORIQUE ET ARCHÉOLOGIQUE

DES VIIIe ET XVIIe ARRONDISSEMENTS DE PARIS

1912

LE MUR DE CLOTURE

DES FERMIERS GÉNÉRAUX

Extrait du *Bulletin de la Société Historique et Archéologique des VIIIe et XVIIe Arrondissements* (Janvier-Juin 1912).
Tiré à 100 exemplaires.

à Monsieur Emile Le Senne
avec hommage L. Raulet

LUCIEN RAULET

LE
MUR DE CLOTURE

DES

FERMIERS GÉNÉRAUX

RUE DE LA BONNE-MORUE

1717-1729

SOCIÉTÉ HISTORIQUE ET ARCHÉOLOGIQUE

DES VIIIe ET XVIIe ARRONDISSEMENTS DE PARIS

1912

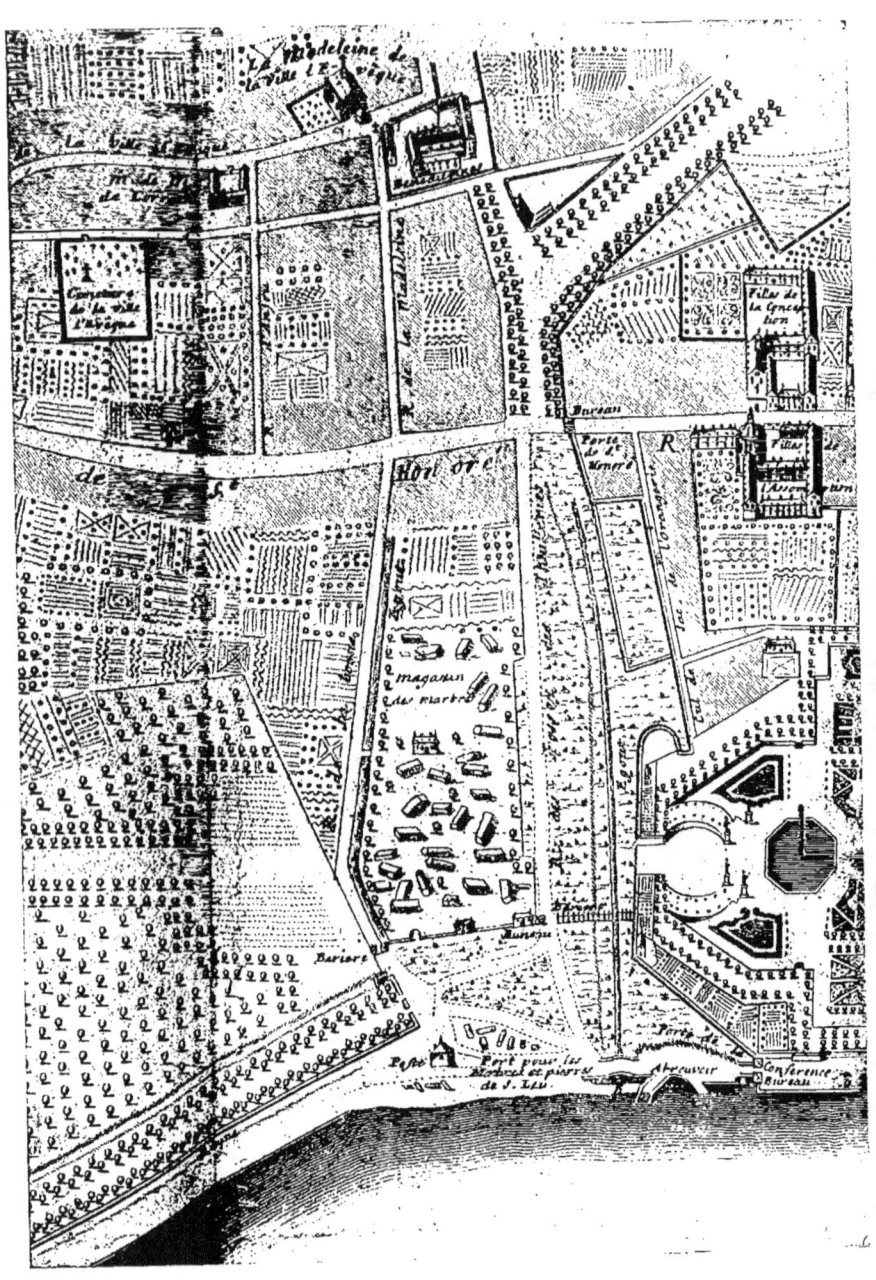

ESPLANADE DES TUILERIES EN 1714.

(Extrait du *Plan du Quartier du Palais-Royal*, par La Caille).

LE MUR DE CLOTURE

DES FERMIERS GÉNÉRAUX

RUE DE LA BONNE-MORUE (Rue Boissy d'Anglas)

1717-1729

On se rappelle le mur des fermiers généraux tombé il y a plus d'un demi-siècle, ce mur qui, vers 1789, fit élever des plaintes à la population parisienne, d'où le plaisant vers :

Le mur murant Paris rend Paris murmurant.

Ce n'est pas seulement à cette époque qu'il y eut des protestations contre la clôture servant à faciliter la taxe des droits d'entrée dans la ville de Paris. Nous pouvons relater une protestation du même genre, soulevée par les habitants de la paroisse de Sainte-Marie-Magdeleine-de-la-Ville-l'Évêque, réclamant soixante ans auparavant, en 1729, contre un mur, véritablement murant, élevé par la Ferme générale, au bout de la rue de la Bonne Morue ou de l'Abreuvoir, aujourd'hui rue Boissy d'Anglas, interceptant toute communication de ce quartier avec l'Esplanade des Tuileries, la Seine et la partie basse des Champs-Elysées.

Prenons l'incident *ab ovo*, nous sommes en 1716, on ouvre, à travers le rempart, une porte à l'extrémité du jardin des Tuileries pour faciliter la communication avec les Champs-Elysées, un pont doit être construit au-dessus du fossé ou de l'égout longeant le rempart. C'est le Pont tournant ; mais pour faire passage à cette nouvelle sortie, il fallait dégager l'esplanade des Tuileries, obstruée par le dépôt des marbres de Sa Majesté, par plusieurs maisons et par la Barrière (avec son Bureau des Entrées) située sur le « grand chemin venant à S. M. pour loger les commis du Bureau de la dite Barrière, du costé desdits Champs-Elysées sur le bord du chemin, qui conduit de la rivière de Seine à la Porte Saint-Honoré, laquelle maison contiendra suivant le plan qui en este fait par le Sr de Coste, controlleur des Batimens, trois chambres ensuitte l'une de l'autre, chacune de 18 pieds de long sur 16 pieds de large, au rez de chaussée de la rue, avec un comble couvert d'ardoizes et une petite cour derrière la dite maizon, contenant dix toises de long sur quatre toises de large. Ordonne S. M. qu'il sera pareillement construit deux guérittes devant le logement des portiers du dit pont sur un terrain appartenant à S. M. en deçà de l'Egout, lesquelles seront de six pieds de haut, toutes lesquelles démolitions et nouvelles constructions desdites barrières, maison des Commis et guérittes seront incessamment faites à la diligence et des deniers de Paul Manier, fermier général et ses cautions, desquelles dépenses il luy sera néanmoins tenu compte et remboursé par celuy qui luy succédera auxdites fermes, en rapportant par ledit Manier les marchès qui auront été par luy faites avec les ouvriers et les quittances desdits ouvriers.

VOYSIN,   VILLEROY,   ROUILLÉ (¹).

Il ne sera pas inutile d'indiquer, à ce sujet, quel était, à cette époque, en ce qui concerne les droits d'entrée, sur les denrées, vins, eaux-de-vie, bestiaux à pied fourché, etc., dans la ville de Paris et ses faubourgs, le réseau fiscal qui entourait la paroisse de la Ville-l'Evêque.

Voici d'après l'ouvrage de La Caille : *Description de la Ville et des faubourgs...* 1714, l'énumération des barrières enfermant alors le *Quartier du Palais-Royal :*

1 Barrière, 6 Bureaux, 2 Brigades, 1 Laissez-Passer, 1 Poste, le tout posé pour recevoir et garder les droits d'entrée spécifiez cy après sçavoir :

- Bureau appelé du *Port de Saint-Nicolas* . . . .
— *Laissez-Passer de la Porte de Conférence*, situé sur le Quay des Tuileries.
— *Bureau de la Conférence* où l'on reçoit tous les droits d'Entrées des vins, Eaux-de-vie. Domaine, Barrages, etc., tant par eau que par terre, est situé sous la Porte de la Conférence, Quay des Tuileries.
— *Brigade de la Conférence*, est une *patache* qui est sur l'eau, situé vis-à-vis le Cours-la-Reyne, pour la sûreté des droits dûs au Domaine.
— *Poste de la Conférence*, où il y a deux gardes pour la sûreté des droits dûs au Domaine, etc., proche le Cours-la-Reyne.

1. Minute originale. Arch. nat. E. 889^A.

— *Barrière du Cours-de-la-Reyne*, situé sur le grand chemin. venant de Versailles, vis-à-vis les Tuileries, proche le Cours-de-la-Ville (¹).

— *Bureau de la Porte Saint-Honoré*.

-- *Bureau du Roulle*, où se fait la recette des droits du Vin, Pied four-ché, Domaine, Barrages, Poids-le-Roy et autre, est situé sur un lieu taillable, au bout du faubourg Saint-Honoré, vis-à-vis l'église du Roulle.

— *Brigade du Roulle*, posée pour la sûreté de tous les droits dûs au domaine, etc., est située à la fausse porte du Roulle, au-dessus dudit Bureau du Roulle, Paroisse de la Ville-l'Évêque.

— *Bureau de Chaillot*, où se fait la recette des droits du Vin, Pied fourché, Domaine, Barrages, Poids-le-Roy et autres, où l'on ne paye que demi-droit, est situé au dit Chaillot et même paroisse.

— *Bureau de la Ville-l'Évêque* où l'on reçoit les droits du Vin, Domaine, Barrages, Pied-fourché, Poids-le-Roy et autres, situé à la descente du village de Montceau sur un lieu taillable, paroisse de Clichy-la-Garenne.

On peut mentionner, sur cette matière, un plan de quelques années antérieures à celui de La Caille : *Plan général des Bureaux d'Entrées, Barrières de Renvoy, Roulettes et Postes des Gardes de la Ville de Paris*, 1708, 0.730 × 0.590. par Constantini, dit Octave, Contrôleur général ambulant des Aides et Domaines du Roy à Paris. Les Armoiries et les noms des fermiers généraux de Sa Majesté en 1708 sont donnés dans l'entourage du plan (Bib. nat. Sect. géographique, B. 2389, T. 8, pl. 25). Ce plan n'existe pas dans la Collection de la Bibliothèque historique de la Ville, mais nous y avons rencontré un plan manuscrit, sans date, qui nous paraît avoir été établi entre 1717 et 1730, pour une nouvelle édition de celui de 1708 ; le titre, pareil à celui du plan de Constantini, semble l'indiquer : *Nouveau plan général des Bureaux d'Entrées, laisser-Passer, Barrières de Renvoy, Roulettes et Postes des Brigades et Gardes de la Ville et Fauxbourgs de Paris avec les augmentations qui ont esté faites depuis quelques années*. Plan ms. 1 m. × 0.88 (²).

1. C'est le déplacement de cette barrière qui fait le sujet de notre article.

2. Sur ce plan la Barrière de l'Esplanade des Tuileries, déplacée par l'Arrêt du 1ᵉʳ août 1716, est indiquée, mais sans dénomination, deux « Guérittes » en plus des logements des portiers des Tuileries, sont placées par le fisc au Pont tournant, et le « Poste Frileux » (?) se voit à gauche de l'entrée du Cours-la-Reine.

Une question peut se poser : Quel était l'aspect de ces barrières, que le provincial et l'étranger voyaient à leur entrée dans Paris ? C'était tout simplement de vilaines et fort laides barrières faites en planches, inesthétiques au premier chef, à part celle du faubourg Montmartre, si nous en croyons la lettre d'un anonyme au Contrôleur général des finances, du 13 juin 1715, dans laquelle il émettait une « proposition « tendant à l'embellissement de Paris sans qu'il en coûte rien « au Roy ni au public : Exiger de la nouvelle Compagnie des « *fermiers généraux*, avant de lui faire délivrer le Bail, outre « le prix convenu, qu'ils fassent des *grilles de fer* semblables « à celle qui est sur le rempart du côté du faubourg Mont- « martre, qui est fort agréable à la vue, au lieu des *barrières* « *de planches* qui sont aux autres entrées, qui font un fort « vilain aspect comme il se voit au bout de la rue de Riche- « lieu, au bout du faubourg Saint-Antoine du costé de l'Arc « de Triomphe, et même au bout de la rue de Charenton qui « va à Bercy. Les fermiers généraux pourront faire ces trans- « formations en une ou plusieurs années » ([1]).

La Barrière est donc reculée pour donner passage à la sortie des Tuileries par le Pont tournant, mais on s'aperçut qu'il y avait des fuites, ou plutôt que des fraudes s'effectuaient entre cette nouvelle barrière et la rue de la Bonne Morue, par le terrain non bâti, occupé aujourd'hui par les Colonnades de la place de la Concorde ; il en résulta que le fermier général demanda au roi l'autorisation de faire construire un mur, de la nouvelle barrière à la rue de la Bonne Morue, et à clore complètement cette rue pour n'avoir pas à y installer une barrière avec des commis pour la perception. Voici l'arrêt qui donna cette autorisation :

Arrêt du Conseil qui ordonne la construction d'un mur auprès du nouveau pont qui a esté construit au bout du jardin des Tuileries et clore complètement l'extrémité de la rue de la Bonne-Morue.

24 avril 1717.

Le Roy ayant ordonné qu'il seroit fait un pont au bout du jardin du

1. Arch. nat. G⁷ 442.

palais des Thuilleries pour former une communication avec les Champs
Elysées, il a falu abatre plusieurs maisons et plusieurs murs qui servaient
de cloture au Faubourg Saint-Honoré et en empêchoient l'entrée, de
manière qu'il n'y pouvoit alors passer aucunes denrées, ny marchandizes
en Fraude des droits de Sa Majesté ; mais étant informé que ces démolitions laissent à présent un espace de 60 toises de longueur ouvert, en
prenant depuis l'angle du mur du nouveau bureau de la barrière du Cours
jusques à la rue nommée de l'abrevoir, qu'il est nécessaire de fermer
pour mettre en sureté les droits de Sa Majesté, et pour cet effet qu'il y faut
construire un mur de 60 toises de longueur sur 3 toises de hauteur y
compris les fondations(¹). Ce qui pourra couter 3600 # à raison de 20 # la
toise, laquelle somme, Paul Manier fermier général des fermes unies offre
d'avancer de ses deniers à condition qu'elle luy sera remboursée par le
fermier son successeur.

Ouy le Raport.

Sa Majesté en son Conseil, a ordonné et ordonne qu'à la diligence et
des deniers de Paul Manïer il sera élevé sur un terrain appartenant à S. M.
un mur (²) de soixante toises de longueur sur trois toises de hauteur y
compris les fondations, commençant ledit mur à l'angle de la Maison
nouvellement construite et servant de bureau, près la barrière du Cours et
qui se terminera au mur de la rue que l'on nomme de l'abrevoir, laquelle
à ce moyen S. M. veut et ordonne être fermée, et raportant par le d.
Manier le Marché qui sera fait pour la construction de ce mur, les quittances des ouvriers et le présent arrest, il sera remboursé du prix auquel
la d. construction se trouvera monter par le fermier qui luy succèdera.

DAGUESSEAU,   LE DUC DE NOAILLES,   ROUILLÉ (³).

Il peut paraître étrange, et c'est ce que va dire le fermier
général, que les habitants de la paroisse de la Ville-l'Évêque

1. On s'est demandé souvent quelle était la hauteur du fameux mur des fermiers généraux, démoli en 1860, et dernièrement l'un des services de la Ville de
Paris s'en est informé auprès des Archives nationales. La réponse fut négative, il
n'avait rien été retrouvé à ce sujet. Voici dans l'arrêt du 24 avril 1717 une indica-
tion qui pourrait peut-être servir à présumer cette hauteur ; celle demandée, à cette
époque, par le fermier général étant de trois toises y compris les fondations, fondations que l'on peut estimer être d'un mètre, ce qui donnerait une hauteur de
cinq mètres au-dessus du niveau du sol, hauteur suffisante pour en empêcher
l'escalade, soit en faisant la courte échelle, soit en employant des échelles même
de grande dimension.

2. Ce mur qui allait relier la nouvelle barrière à la rue de la Bonne Morue fut
construit en avant de la Colonnade actuelle, à peu près entre les statues de Stras-
bourg et de Lille.

3. Minute originale. Arch. nat. E. 8970.

soient restés douze années, de 1717 à 1729, sans protester contre cette clôture qui empêchait le libre parcours de leur quartier vers l'esplanade des Tuileries et la Seine ; cela provenait de ce que, si les voitures ne pouvaient circuler, les piétons, du moins, profitaient d'un passage sur un terrain non clos appartenant à Law, puis à ses créanciers, lequel terrain en 1729 avait été fermé, ce qui retirait pour les habitants la jouissance d'y passer, ne laissant ainsi aucune sortie de ce côté, par la rue de la Bonne Morue. Une requête est alors présentée par eux, un document nous en donne le résumé, avec la réponse du fermier général, Pierre Carlier ; nous le publions in-extenso :

Les Curez, Marguilliers, Seigneurs (¹) et principaux habitans de la Paroisse de Ste Marie Magdelaine de la Ville l'Evêque, faubourg Saint-Honoré à Paris.

Demandent par leur Requête que la rüe de la bonne Molüe (sic) ou de l'abreuvoir soit libre à tous les habitans du faubourg, ainsy qu'elle l'a toujours esté par le passé, que la clôture qui en a été faite sera otée et le passage ouvert, en sorte que la voye publique ne puisse être incommodée, gesnée, ny engagée, sous quelque prétexte que ce soit ; sauf aux fermiers généraux à y poser une barrière, comme il y en avoit une autrefois, suivant qu'ils aviseront bon estre.

Exposant que cette rue qui est la première à gauche en sortant par la porte St Honoré est la seule qu'il y ait de ce coté, depuis la Chaussée de la d. porte, jusqu'à la première barrière du Roulle (²).

Que ceux qui ont des héritages bâtis sur cette rüe (³) l'ont fait paver, et qu'il y a été posé des lanternes.

Qu'elle subsiste depuis l'établissement du faubourg, et qu'elle a été fermée depuis plusieurs années par les fermiers généraux dans le bout qui donne sur la place des Champs Elisées sans aucune formalité de justice.

1. Il n'y avait pas de *seigneurs* de la Paroisse de la Ville-l'Évêque ; aussi l'arrêt de 1729, que nous donnons plus loin, n'en fait pas mention, en rappelant cette requête. Pour les habitants, peut-être que le comte d'Evreux, les Duras, les Daguesseau et autres grands personnages, étaient-ils plus que des principaux habitants, à moins qu'ils fassent allusion au roi, à l'archevêque de Paris, à la Commanderie de St-Jean de Latran, à plusieurs Chapitres qui avaient des censives dans cette paroisse.

2. Ce n'est qu'en 1767 que fut ouverte la rue de Marigny.

3. En 1726 il n'y avait seulement que cinq maisons dans la rue de la Bonne Morue. Arch. nat. ZıF 931.

Que cela cause trois inconvénients :

Le premier par rapost à l'administration des Sacremens aux habitans des Champs Elisées en ce qu'il faut faire un grand détour indépendemment des embarras et boües qui se trouvent le long des fossez des Thuilleries[1].

Le second, en ce que la rue de la bonne Molue n'estant pas ouverte, devient un cul de sac qui sert de retraite à gens mal intentionnez, qui viennent s'y battre et commettre des duels, que des voleurs s'y peuvent reffugier, ainsy que des femmes de mauvaise vie pour y commettre des désordres.

Et la troisieme est le cas d'incendie dans lequel on ne pouroit tirer de l'eau de la rivière.

Réponse de Pierre Carlier, fermier général :

Le Pont tournant des Thuilleries ayant été construit en l'année 1716, Sa Majesté pour la décoration des Thuilleries fit abattre toutes les maisons qui se trouvèrent bâties en face, du nombre desquelles se trouvait la maison servant de bureau à la barrière du Cours.

Par arrest du Conseil du premier Aoust 1716, il fut ordonné quelle seroit abbatue, qu'il en seroit construit une nouvelle qui seroit portée du coté de la porte St-Honoré à environ soixante toizes du Pont tournant.

Au moyen de toutes les maisons qui furent abbatues, il se trouva une espace de terrain de soixante toizes de longueur ouvert depuis l'angle du mur du nouveau bureau de la barrière du Cours, jusques à la rüe de l'Abreuvoir, qui est celle qu'on appelle aujourd'huy de la Bonne Molue, par où les fraudes pouvoient se commettre.

Par arrest du Conseil du 24ᵉ avril 1717, il a esté ordonné qu'à la diligence des deniers du fermier général il seroit construit un mur de soixante toises de longueur sur trois toises de hauteur y compris les fondations, commençant ledit mur à l'angle de la maison nouvellement batie, et servant de bureau près la barrière du Cours et qui se terminera au mur de la rüe que l'on nomme de l'Abreuvoir, laquelle, à ce moyen, Sa Majesté ordonna qu'elle seroit fermée.

En conséquence de cet arrest ladite rüe a été fermée sans que les habitans du faubourg St Honoré s'en soient plaints, et ils n'ont pas raison de dire aujourd'huy qu'elle a été fermée sans aucune formalité de justice.

Il est aisé de répondre aux trois inconvéniens qu'ils ont proposez.

Sur le premier, que le détour pour aller aux Champs Elisées n'est pas considérable qu'il s'en trouve tous les jours de plus grand dans Paris, qu'il y a 3 ou 4 maisons entre la barrière du Cours et la rüe de la Bonne Molue et que le chemin est à peu près égal de passer par la d. barrière ; quant aux

1. C'est-à-dire sur le chemin qui reliait la Porte Saint-Honoré au Cours-la-Reine, en longeant le rempart.

autres maisons qui sont dans les Champs Elisées du coté de Chaillot, il est aisé d'y aller en remontant la grande rue du faubourg St Honoré, et en entrant à gauche dans les Champs Elisées du coté de la fausse porte du Roulle en deçà du pont par où on passe l'Egout, et qu'enfin il n'est encore arrivé aucun inconvénient depuis douze ans que la rue dont il s'agit a été fermée.

Sur le second, qu'on ne présumera pas que des duelistes aillent prendre leur champ de bataille pour se battre dans un cul de sac, et que si des voleurs vouloient s'y réfugier ils en seroient plustos pris ; quant aux femmes de mauvaise vie, c'est l'affaire de la police et celle des propriétaires de ne pas leur louer des appartemens, et ce seroit même les attirer s'ils avoient une sortie sur les Champs Elisées.

Et sur le troisième, qu'on aura plutost tiré d'un puit dans la même rüe vingt à trente seaux d'eau, en cas d'incendie, qu'on aura été à la rivière par l'éloignement pour en aporter un seul.

Si la demande de ces habitans a lieu, elle constitueroit Sa Majesté dans la dépense d'y bâtir un bureau, et d'y construire une barrière, et le fermier général, dans celle de deux commis d'augmentation.

Cette dépense pourroit être par la suite inutile, s'il est vray, comme le bruit en court que le dessein soit pris d'abatre la porte de la Conférence et celle de Saint-Honoré, auquel cas le fermier seroit obligé de prendre de nouveaux arangemens, et de porter ses bureaux et barrières plus loin.

Pourquoy, requérait le d. Carlier qu'il plust à Sa Majesté débouter les Curés, Marguilliers et habitans de la paroisse de Sainte-Marie-Magdelaine de la Ville-l'Evêque de leur demande, ordonner que l'arrest du Conseil du 24e août 1717, sera exécuté, et que la d. rue de la bonne-morue appelée auparavant la rüe de l'Abreuvoir restera fermée et en l'état qu'elle est actuellement (¹).

A la suite de la procédure engagée, l'arrêt du Conseil d'Etat du 13 décembre 1729 que nous allons reproduire, malgré des redites, donne raison aux habitants de la paroisse de la Ville-l'Evêque, et ceux-ci sont enfin débarrassés de ce mur qui devait leur être, en réalité, fort déplaisant :

Arrêt du Conseil ordonnant la démolition du mur fermant le bout de la rue de la Bonne-Morue donnant sur les Champs-Elysées, et qu'il y sera construit une Barrière de renvoy.

13 décembre 1729.

Vu par le Roy en son Conseil la requête présentée par les Curé, Mar-

1. Bibl. nat. Estampes. Portefeuille Robert de Cotte. Hᵈ 135ᵉ.

guilliers et principaux habitans de la paroisse de Sainte-Marie-Magdelaine
de la Ville-l'Evêque fauxbourg Saint-Honoré à Paris, contenant entr'autre
chose que de tems immémorial la Rüe de la Bonne-Morüe scituée au mi-
lieu du fauxbourg et qui est la seule qu'il y ait depuis la Chaussée de la
porte Saint-Honnoré jusqu'à la première Barrière du Roulle, a toujours
été ouverte pour l'usage et la comodité du public, que le motif de cette
ouverture a été de procurer aux Ecclésiastiques de la paroisse un chemin
court et facile pour l'administration des Sacrements aux habitans malades
résidens dans les Champs-Elysées, soulager les porteurs d'eau, blanchis-
seuses, gagne-deniers et autres personnes, occupées sur la rivière de Seine ;
que les propriétaires des maisons construites sur cette rue l'ont faite paver
à leurs dépens pour une plus grande commodité et obtenir la permission
d'y faire poser des lanternes, que tous ces avantages se trouvent perdus
par la fermeture du bout de cette rue qui donne sur les Champs-Elysées,
qui a été faite de l'ordre et de l'autorité des fermiers généraux sans aucune
autre formalité de justice que sur un simple arrêt du Conseil par eux ob-
tenu sans que les habitans ayent été entendus, qu'ils en ont néantmoins
toléré l'exécution tant qu'ils ont eu la liberté de passer sur un terrain acquis
par le sieur Law qui est scitué vis à vis cette rue, mais que ce terrain se
trouvant aujourd'huy fermé, ce passage leur est interdit, et il résulte de sa
cloture et de celle de la rüe de la bonne-morue trois inconvéniens consi-
dérables : le premier est celuy qui regarde l'administration des sacrements
et surtout pendant l'hyver où le long détour qu'il faut prendre, les fré-
quents embarras et les Boües qui se trouvent sur la Chaussée des fossés
des Thuilleries et à la Barrière qui est la route de la Cour, expose les malades à mourir sans aucun secours spirituel, et les pauvres occupés au
travail de la rivière à une double peine, le second, que cette rue fermée
comme elle est peut servir de retraite aux voleurs et aux femmes de mauvaise vie, et le troisième que dans le cas d'Incendie il est impossible de
tirer aucun secours de la rivière à cause du détour qu'il faut prendre. Que
tous ces motifs les obligent de suplier S. M. d'ordonner que la ditte rüe
sera ouverte et tenüe libre pour le passage de tous les habitans du fauxbourg, ainsi qu'elle l'étoit par le passé ; qu'en conséquence la cloture qui
en a été faite sera ôtée et le passage ouvert, en sorte que la voye publique
ne puisse être incommodée, gênée, ny engagée sous quelque prétexte que
ce soit, sauf aux fermiers généraux à y poser une Barrière.

Le Mémoire des fermiers généraux servant de réponse à la dite Requête
contenant entre autre chose, que le pont des Thuilleries ayant été construit
en 1716, on fit abatre pour la décoration toutes les maisons qui se trouvèrent bâties en face, que dans le nombre se trouva celle servant de Bureau
à la Barrière du Cours à la place, de laquelle il fut ordonné par un arrêt

du Conseil du premier aoust 1716 qu'il en seroit construit une nouvelle, qui seroit portée du côté de la porte Saint-Honoré à environ 60 toises du Pont Tournant, que par la démolition de ces maisons il se trouva un espace de terrain de 60 toises de longueur ouvert depuis l'angle du mur du nouveau Bureau de la Barrière du Cours jusqu'à la rüe de l'abreuvoir, qui est celle apellée de la Bonne-Morue, par où les fraudes se pouvoient commettre, que pour y remédier il fut ordonné par un autre arrêt du Conseil du 24 avril 1717, qu'à la dilligence du fermier et de ses deniers il seroit construit un mur de 60 toises de longueur sur trois toises de hauteur à prendre à l'angle du Bureau pour se terminer au mur de la rüe de l'abreuvoir ce qui a été exécuté sans que les habitans du fauxbourg s'en soyent plaint ; qu'il n'en résulte aucun inconvénient puisque ce détour pour aller aux Champs-Elysées n'est pas considérable, qu'il s'en trouve tous les jours de plus longs à Paris et qu'il n'y a d'ailleurs que trois à quatre maisons entre la Barrière du Cours et la rue de l'Abreuvoir, qu'à l'égard des autres maisons qui sont dans les Champs-Elysées du côté de Chaillot on peut y aller aisément en remontant la grande rüe du fauxbourg et en entrant à gauche du côté de la fausse porte du Roulle. Que depuis douze ans que cette rue est fermée il n'est rien arrivé qui puisse faire sentir la nécessité de la rouvrir, que l'on ne présumera pas que les voleurs, ni les femmes de mauvaise vie choisissent un cul de Sacq pour s'y réfugier, puisque ce seroit un moyen seur pour se faire arrester ; que les cas d'incendie ne méritent aucune considération puisque dans la même rüe on aurait tiré 20 à trente sceaux d'eau d'un puits avant qu'on put en avoir un par le secours de la rivière ; que si la demande des habitans avoit lieu il en couterait la dépense d'une barrière à S. M., et aux fermiers, celle de deux commis qui deviendroient inutiles, si l'on abat les portes de la Conférence et de Saint-Honoré, comme on l'assure ; Que par ces considérations la demande des dits habitans doit être rejettée et qu'il doit être ordonné que l'arrêt du Conseil du 24 avril 1717 sera exécuté.

Le Mémoire des dits Sr Curé et habitans du fauxbourg servant de réplique à celuy des fermiers généraux par lequel ils demandent en tant que de besoin est ou seroit a être reçus opposans à l'arrêt du 24 avril 1717, et qu'au surplus leurs conclusions leur soyent adjugées.

Le Mémoire du nommé Tarlet, Marbrier de S. M., par lequel il s'oppose à l'ouverture de la dite rue sur le fondement de préjudice qu'il prétend qu'il pourra en recevoir comme chargé des marbres de S. M. (¹) qui se trouvent déposés vis-à-vis cette rüe dans les Champs-Elysées et du

1. Le Dépôt des marbres qui obstruait presque entièrement l'Esplanade des Tuileries, comme on le voit sur le plan de La Caille, avait été reculé vers le mur en question, à droite du Pont Tournant et de l'Avenue des Champs-Elysées.

LES ANCIENNES BARRIÈRES DU ROULE ET DE L'ÉTOILE.

peu d'utilité qui en reviendra au public, la réponse des habitans à ce mémoire.

Les deux arrêts du Conseil du premier aoust 1716 et 24 avril 1717, ensemble l'avis du Sr Hérault, maître des requêtes, lieutenant général de Police à Paris.

Ouy le rapport du Sr Le Peletier, Conseiller d'Etat ordinaire et au Conseil royal controlleur général des finances.

Le Roy en son conseil a reçu et reçoit les curé, Marguilliers et principaux habitans de la paroisse Ste Marie-Madelaine de la Ville-l'Evêque, faubourg Saint-Honnoré de Paris, opposants à l'arrêt du Conseil du vingt-quatre avril mil sept cent dix sept, faisant droit sur leur opposition, a ordonné et ordonne que le bout de la rüe de la Bonne morue qui donne sur les Champs Elizées sera ouvert pour la commodité publique, et qu'il y rera construit une Barrière de renvoy à la diligence et aux frais des fermiers généraux, même établi un Bureau où les fermiers pourront avoir un ou plusieurs commis pour la conservation des droits de Sa Majesté.

DAGUESSEAU, CHAUVELIN, LE PELETIER.

A Marly le treisième jour du mois de Décembre mil sept cent vingt neuf (1).

Le mur de la rue de la Bonne Morue est donc abattu et remplacé par une barrière. Cette nouvelle barrière, avec commis (2), venait doubler, pour la protection des droits d'entrée, celle établie, en 1716, à 60 toises du rempart le long des fossés des Tuileries.

Le fermier général, Pierre Carlier, avait bien prévu, en 1729, que cette clôture allait sous peu disparaître ; en effet, un arrêt du conseil du 15 avril 1730 ordonne la démolition de la Porte de la Conférence, la vente et adjudication en fut faite le 21 juin suivant, et nous trouvons en 1732, la nouvelle

---

1. D'après la minute originale. Arch. nat., E. 1052A, n° 11. Cet arrêt du Conseil avait été signalé, et copie remise, à notre Secrétaire-général, par notre confrère M. C. Piton, qui l'avait relevé dans le fonds de la Police générale aux Archives nationales (F7 4222, n° 23), juin-octobre 1815, sans aucune autre pièce à l'appui, faisant connaître ce que pouvait faire là cet arrêt du Conseil de 1729. Cette copie de l'arrêt du 13 décembre 1729, ainsi que celle conservée dans le Portefeuille de Robert de Cotte à la Bibl. nat. (Estampes Hd 135e), est collationnée sur une autre copie. On y trouve quelques variantes avec la minute originale.

2. Le 13 décembre 1755, le Bureau de la Ville représentait que pour la décoration de la place Louis XV, il était nécessaire de démolir cinq échoppes... 5°. Place vague où était un petit bureau des fermes au coin de la rue de la Bonne Morue.

MONTDIDIER. — IMPRIMERIE BELLIN

www.ingramcontent.com/pod-product-compliance
Lightning Source LLC
Chambersburg PA
CBHW061742180626
46818CB00006B/2707